Il pleut du pop-corn!

Je peux lire!
Niveau 3
1re et 2e années

Alice Low   Illustrations de Patti Hammel

Éditions
SCHOLASTIC

Je m'appelle

_____

et j'ai lu ce livre

❏ **une fois.**

❏ **deux fois.**

❏ **plusieurs fois!**

À tous les membres de la famille

L'apprentissage de la lecture est l'une des réalisations les plus importantes de la petite enfance. La collection *Je peux lire!* est conçue pour aider les enfants à devenir des lecteurs experts qui aiment lire. Les jeunes lecteurs apprennent à lire en se souvenant de mots utilisés fréquemment comme « le », « est » et « et », en utilisant les techniques phoniques pour décoder de nouveaux mots et en interprétant les indices des illustrations et du texte. Ces livres offrent des histoires que les enfants aiment et la structure dont ils ont besoin pour lire couramment et sans aide. Voici des suggestions pour aider votre enfant avant, pendant et après la lecture.

Avant

Examinez la couverture et les illustrations, et demandez à votre enfant de prédire de quoi on parle dans le livre.

Lisez l'histoire à votre enfant.

Encouragez votre enfant à dire avec vous les formulations et les mots qui lui sont familiers.

Lisez une ligne et demandez à votre enfant de la relire après vous.

Pendant

Demandez à votre enfant de penser à un mot qu'il ne reconnaît pas tout de suite. Donnez-lui des indices comme : « On va voir si on connaît les sons » et « Est-ce qu'on a déjà lu un mot comme celui-là? ».

Encouragez l'enfant à utiliser ses compétences phoniques pour prononcer d'autres mots.

Lorsque l'enfant a besoin d'aide, lisez-lui le mot qui pose un problème, pour qu'il n'ait pas trop de mal à lire et que l'expérience de la lecture avec les parents soit positive.

Encouragez votre enfant à lire avec expression... comme un comédien!

Après

Proposez à votre enfant de dresser une liste de mots qu'il préfère.

Encouragez votre enfant à relire ses livres. Il peut les lire à ses frères et sœurs, à ses grands-parents et même à ses toutous. Les lectures répétées donnent confiance au jeune lecteur.

Parlez des histoires que vous avez lues. Posez des questions et répondez à celles de votre enfant. Partagez vos idées au sujet des personnages et des événements les plus amusants et les plus intéressants.

J'espère que vous et votre enfant allez aimer ce livre.

Francie Alexander,
spécialiste en lecture
Groupe des publications
éducatives de Scholastic

À Kate Alison, affectueusement
— A.L.

À mes parents
— P.H.

Catalogage avant publication de Bibliothèque et Archives Canada

Low, Alice

Il pleut du pop-corn! / Alice Low; illustrations de Patti Hammel;
texte français de Claudine Azoulay.

(Je peux lire! Niveau 3)
Traduction de : The Popcorn Shop.
Pour enfants de 6 à 8 ans.
ISBN 0-439-96242-0

I. Hammel, Patricia II. Azoulay, Claudine III. Titre. IV. Collection.

PZ23.L68Il 2004   j813'.54   C2004-902768-9

Édition publiée par les Éditions Scholastic,
175 Hillmount Road, Markham (Ontario) L6C 1Z7.

5 4 3 2 1   Imprimé au Canada   04 05 06 07

Il pleut du pop-corn!

Alice Low
Illustrations de Patti Hammel

Texte français de Claudine Azoulay

Je peux lire! — Niveau 3

Éditions
SCHOLASTIC

Dans sa boutique,
Aline Marchand
vend du pop-corn
appétissant.

Le maïs éclate
dans la casserole.
Aline le vend tout chaud.
Les gens en raffolent!

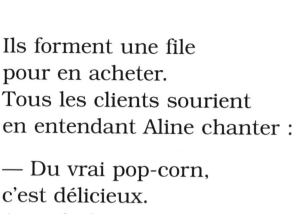

Ils forment une file
pour en acheter.
Tous les clients sourient
en entendant Aline chanter :

— Du vrai pop-corn,
c'est délicieux.
Avec du beurre,
c'est encore mieux.

Du bon pop-corn,
venez y goûter!
Le meilleur pop-corn,
venez en acheter!

Bientôt, sa réputation
a tellement crû
que ses casseroles
ne suffisent plus.

Elle achète donc
une machine,
la plus grosse
de l'usine.

Le maïs éclate
toute la journée
et on entend
Aline chanter :

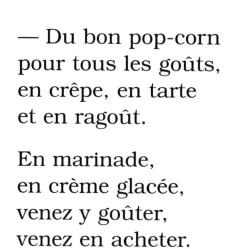

— Du bon pop-corn
pour tous les goûts,
en crêpe, en tarte
et en ragoût.

En marinade,
en crème glacée,
venez y goûter,
venez en acheter.

Du pop-corn,
il y en a beaucoup,
jusqu'à ce que la machine
se brise d'un coup.

Aline appelle
le réparateur,
qui bricole et tape
avec ardeur.

Il dit à Aline
avant de s'en aller :
— Je l'ai réparée,
très bien réparée.

Du bon maïs,
vous allez en éclater,
et bien plus
qu'on pourra en manger.

Il avait raison :
le maïs se met à éclater,
jour et nuit,
sans jamais s'arrêter.

Le pop-corn
partout s'empile,
puis par la porte,
il file.

Il pleut du pop-corn!
Il y en a partout!
On pourra en manger
beaucoup, beaucoup!

Mais le pop-corn
maintenant s'amoncelle.

COIFFEUR

Chez le coiffeur,
sur son client, Marcel,

sur les chaussures
et les chapeaux,

et dans la boutique
d'animaux.

L'épicerie du coin
doit fermer,

car tout le monde
a trop à manger.

L'épouvantail
en est rempli,

tout comme
le boyau d'incendie.

Il y en a
dans le sac du facteur,

et sur le sentier
des coureurs.

Il couvre les citrouilles
dans le champ.
Et pour le tennis,
c'est embêtant.

Les gens ne peuvent
plus circuler,
car leurs véhicules
sont bloqués.

Énervés,
ils supplient Aline :
— Arrêtez donc
cette machine!

La mairesse s'écrie :
— Enlevez ce maïs,
arrêtez cette machine,
ou bien j'appelle la police!

Aline répond,
bien embêtée,
qu'elle ne sait pas
comment l'arrêter.

Mais un jour
qu'Aline est à cuisiner,
la machine, tout à coup,
se met à trembler.

Des étincelles fusent
de tous côtés;
on dirait que la machine
va exploser.

Soudain, elle fait
un très gros bruit
et puis s'arrête.
Ouf! C'est fini.

Le pop-corn,
Aline n'aime plus cela.
Elle fait maintenant
de la pizza.

Elle la prépare
toute à la main,
dans la pizzeria
du coin.

Et pour se donner
de l'entrain,
elle chantonne
ce joyeux refrain :

— Plus de machine,
ne vous en faites pas.
Il ne pleuvra pas
de la pizza!